loqueleo

FESTIVAL DE CALAVERAS
© Del texto y las ilustraciones: 2009, Luis Miguel San Vicente

© De esta edición:
 2017, Santillana USA Publishing Company, Inc.
 2023 NW 84th Avenue
 Doral, FL 33122, USA
 www.santillanausa.com

Loqueleo es un sello editorial del **Grupo Santillana.** Estas son sus sedes:
ARGENTINA, BOLIVIA, BRASIL, CHILE, COLOMBIA, COSTA RICA, ECUADOR, EL SALVADOR, ESPAÑA, ESTADOS UNIDOS, GUATEMALA, MÉXICO, PANAMÁ, PARAGUAY, PERÚ, PORTUGAL, PUERTO RICO, REPÚBLICA DOMINICANA, URUGUAY Y VENEZUELA.

Primera edición en Santillana Ediciones Generales, S.A. de C.V.: noviembre de 2009
Primera edición en Editorial Santillana, S.A. de C.V.: julio de 2013

ISBN: 978-1-64101-131-0

Todos los derechos reservados. Esta publicación no puede ser reproducida, ni en todo ni en parte, ni registrada en o transmitida por un sistema de recuperación de información, en ninguna forma ni por ningún medio, sea mecánico, fotoquímico, electrónico, magnético, electroóptico, por fotocopia o cualquier otro, sin el permiso previo, por escrito, de la editorial.

Published in The United States of America
Printed in Mexico by Impresora Apolo S.A.
20 19 18 17   1 2 3 4 5 6 7 8 9

*A Carmen, Adrián, Itzel
y la pequeña Mariana*

Cempasúchil es la flor
y en la bolsa van inciensos,
tengo la foto a color:
ya mañana es día de muertos.

No me olvido del faldón
ni del sombrero querido.
¡Tengo un hoyo en el calzón!
y ni así, pierdo el estilo…

Ya compré el papel picado,
hay buñuelos y corundas,
también tacos de pescado
y calaveras de azúcar.

Itzel trae agua con sal,
taquitos, mole y un ron;
Mariana, atole con pan
y tacos de chicharrón.

En mi vocho vamos todos,
afuera la noche es fría,
vamos ya por los difuntos
que vienen hoy con mi tía.

Viajan en combi y en torton,
unas en carrozas de oro,
y una que otra de aventón,
nadie se pierde el festejo.

¡Vamos, vamos, al panteón!
Lleno va de calaveras,
andando y andando el camión:
¡Son las ánimas fiesteras!

Siguen la luz y letreros,
al menos eso parece.
Tic, tac, tic, los esqueletos
siguen el olor a incienso.

Si hoy veo a la Pascuala
no me pienso ni asustar:
su tumba ya está arreglada
y su ofrenda, en el altar.

¡Tantas risas y canciones!
Traigo el esquite y las flores,
¡Celebremos día de muertos!
¡Estamos en el panteón!

Por ahí viene la pelona
de vestido blanco y motas:
a Ramona así enterraron
con su chal y medias rotas.

"¡Deme mi calaverita!"
Hay fiesta en el camposanto,
color y papel picado,
rica horchata de pepita.

Van y vienen, y desfilan
andan ahí, comen acá
estas chuscas calaveras
"pisteando" y picando están.

Aún se ilumina el panteón
con sus velas encendidas.
¡Gallo, entona tu canción
al alba sobre las criptas!

¡Ki ki ri ki! –canta el gallo.
Estoy a punto de partir,
volveremos justo al año
sin tristeza: es pa' reír.

Luis San Vicente

Nació en la ciudad de México y comenzó a dibujar desde pequeño -como todos los niños- sólo que él se dio cuenta de que no había nada que le gustara hacer más que eso. Entonces creció y su gusto lo llevó a estudiar diseño gráfico (previo paso por la Facultad de Arquitectura) para después entrar en el mundo de la ilustración. Desde entonces, ha publicado su trabajo en varias revistas y libros editados en México y otros países. Ha ganado diversos reconocimientos, como el Encouragment Price en el concurso Noma de Japón o el primer lugar (2005) del Catálogo de Ilustradores de publicaciones Infantiles y Juveniles. Ha expuesto su obra en varios lugares del mundo, como en el Art Forum, en Tokio, Japón (1999) y la Bienal de ilustración de Bratislava, Eslovakia (1999).

Su trabajo como ilustrador lo llevó al periódico Reforma, donde ahora es responsable del departamento de Ilustración, foto arte e infografía.

Aquí acaba este libro
escrito, ilustrado, diseñado, editado, impreso
por personas que aman los libros.
Aquí acaba este libro que tú has leído,
el libro que ya eres.